Données de catalogage avant publication (Canada)

Mineau, Marie-Élaine

    La foire aux bêtises

    (Collection Sésame; 54)
    Pour enfants de 6 ans et plus.

    ISBN 2-89051-865-5

    I. Titre II. Collection: Collection Sésame; 54.

PS8576.1574F64 2003   jC843'.6   C2003-941246-6
PS9576.1574F64 2003

MARIE-ÉLAINE MINEAU

LA FOIRE
aux bêtises

roman

ÉDITIONS
PIERRE TISSEYRE

5757, rue Cypihot, Saint-Laurent (Québec) H4S 1R3
Téléphone: (514) 334-2690 – Télécopieur: (514) 334-8395
Courriel: ed.tisseyre@erpi.com

COLLISION
DE RATONS

« **E**ncore un petit effort, mon vieux,
tu y arrives ! »

Igor, le vieux raton laveur, s'en-
courage tout seul. Debout dans les
hautes herbes, sur la pointe de la
pointe des pattes, il s'apprête à
cueillir une magnifique poire bien
mûre.

Pendant ce temps, le jeune raton Muso se précipite vers lui sans le voir. Comme d'habitude, il est pressé : il est en retard pour dîner.

«Mes amis vont s'impatienter. Oh là, là, ils vont se mettre à table sans moi!» se dit Muso, lorsque – boum! – il bouscule le pauvre Igor qui tombe, les quatre fers en l'air.

— Ça, c'est bien moi! dit le jeune raton en aidant son aîné à se relever. Que je suis bête! Je vous demande bien pardon, cher monsieur.

Mais comme il se prépare à repartir – je vous l'ai dit, Muso est toujours pressé –, l'autre l'apostrophe :

— Oh! n'exagérons rien... Cet accident n'est pas vraiment une bêtise, puisque vous ne pouviez pas me voir, dans ces hautes herbes. Les vraies bêtises, ça me connaît :

je sais tant d'histoires… Assez pour vous retenir pendant des heures!

« Des heures? pense Muso. Mais je suis pressé de dîner, moi! J'ai déjà l'estomac qui crie famine! »

Malheureusement, Igor n'entend pas du tout les appels au secours de l'estomac de Muso…

GRETA, LA SOURIS MÉNAGÈRE

Tout juste comme Muso s'apprête à s'excuser une dernière fois avant de faire ses adieux, Igor entreprend de raconter une histoire de son cru :

— Imaginez-vous donc que je connaissais une souris dénommée Greta.

— Ce n'est pas un nom de souris, ça ! proteste Muso, qui cherche un moyen pour empêcher Igor de commencer son récit. Ce sont les grandes dames qui s'appellent ainsi !

— Justement, je crois que tout le malheur de Greta vient de là. Grande dame, elle croyait l'être. À force de porter un nom glorieux, on finit par se prendre au jeu !

« C'est pourquoi ma mie Greta faisait tout en grand. Autour d'elle, tout devait resplendir de propreté. Une maisonnette de souris, ce n'est peut-être qu'un petit trou dans le mur d'une maison d'humains, n'empêche qu'elle y trouvait chaque jour mille tâches à accomplir.

« Dès que sonnait son réveille-matin, à sept heures sept minutes sept secondes et sept fractions de secondes bien précises, c'était la course folle. Greta passait son temps à faire le ménage, le lavage, le repassage, et à tout ranger au millième de millimètre près.

« Parfois, je la rencontrais dehors lorsqu'elle secouait ses tapis. Ému de voir tant de sueur perler le long de son museau, je lui disais :

« — Arrête-toi, ma pauvre amie ! Tu en as assez fait ! Dans la vie, il faut s'amuser aussi…

« — Non, non, non ! qu'elle me répondait. Il n'en est pas question !

« Et elle retournait vaquer à ses occupations. »

— Oh, je connais ça, l'interrompt Muso. Ma mère est elle-même une femme très rangée et…

— Ce n'est pas tout ! poursuit Igor, sans faire attention à lui. Quand elle en avait terminé avec son propre ménage, elle ne perdait jamais l'occasion de se mêler aussi de la routine des autres souris qui parasitaient la même maison qu'elle.

« D'abord, avec du papier à sabler, elle avait arrondi jusqu'au cercle parfait tous les trous de souris qui perforaient le mur de la maison. C'était d'un chic !

« Parfois, elle apostrophait une voisine :

« — Hé ! toi ! Tu n'as pas honte de te promener avec autant de poils dans les oreilles ?

« Qui pouvait protester devant tant d'autorité ? Docilement, les pauvres souris se laissaient épiler les oreilles. Souvent, elles laissaient même Greta pénétrer chez elles pour refaire leur ménage.

« — C'est pas possible comme vous faites les coins ronds. Il faut toujours repasser derrière vous, disait-elle en prenant un air choqué.

« En effet, elle bougonnait vraiment sans cesse, la Greta, mais personne n'en était dupe. Le plaisir qu'elle prenait dans la mise à mal de tous les désordres était si évident !

« Même la maison envahie par Greta et ses consœurs était passée au peigne fin, récurée, dépoussiérée et ordonnée. La nourriture volée l'était proprement : le pain était coupé plutôt que grignoté, les trous dans le fromage étaient bien beaux, bien propres…

« Les souris étaient convaincues que si on n'appelait pas l'exterminateur, c'était grâce au travail ménager que faisait Greta. En chassant leurs locataires clandestines, les propriétaires de la maison auraient été contraints soit d'engager une femme de ménage, ce qui est dispendieux, soit de faire le ménage

eux-mêmes, ce qui est fort pénible. Or, ces humains n'étaient pas stupides et savaient bien profiter de l'avantage d'avoir Greta chez eux.

«Un jour, Greta disparut.»

— Que lui est-il arrivé? demande Muso, curieux.

— La dernière fois qu'on l'a vue, elle nettoyait, dit-on, une trappe… une trappe à souris. Elle lustrait son métal, cirait son bois, huilait son mécanisme… Peut-être a-t-elle été surprise par la fermeture rapide de la souricière alors qu'elle avait décidé que le fromage qui servait d'appât était rassis et devait être jeté au panier.

«Tout ça pour dire que, dans la vie, ce n'est que bêtise de vouloir tout exagérer.»

ROCCO, LE PIGEON RETARDATAIRE

— **J**e vous donne entièrement raison, renchérit Muso. D'ailleurs, je crains d'avoir moi-même exagéré en abusant ainsi de votre temps. Vous avez, j'imagine, mieux à faire que de divertir un jeune raton avec des histoires. Je vois bien que vous avez hâte de déguster cette belle poire qui pend au-dessus de votre tête!

— Ah! La jeunesse voit la hâte partout. Mais cette poire peut attendre! répond Igor, qui ne comprend pas qu'on cherche à se débarrasser de lui.

— Mais mes amis m'attendent pour dîner et je suis déjà en retard, proteste Muso.

— Ah! Les retards! Que c'est bête, ça aussi! Parlez-en à Rocco le pigeon. Ses retards répétés lui ont valu une bonne leçon.

«Roquette, son épouse, m'a tout raconté. La pauvre! Au printemps dernier, elle a pondu deux beaux œufs. Malheureusement, chaque fois que c'était au tour de Rocco de les couver, il tardait à montrer le bout de son bec.»

— On dit que c'est très pénible pour le dos, à la longue, de couver des œufs, ajoute Muso, qui veut montrer qu'il connaît des choses, lui aussi.

— Oui, et c'est pourquoi il venait toujours un moment où Roquette n'en pouvait plus d'attendre son Rocco. Il fallait qu'elle se dégourdisse. Alors elle abandonnait ses œufs à l'air libre. Bien sûr, après un moment, Rocco finissait par arriver. Mais, entre-temps, ses œufs avaient pris froid.

« Le comportement de Rocco causait une grande indignation chez les autres pigeons. On le traitait de mauvais père. L'accusé se défendait en expliquant qu'il était fort occupé :

« — Je dois chercher ma nourriture, répondait-il, dormir un peu, prendre mon bain à la fontaine publique, manger encore… Et puis, je ne serais pas digne de m'appeler Rocco le pigeon si je n'allais pas de temps à autre faire enrager le chat d'intérieur des voisins en paradant devant sa fenêtre !

« Il n'était pas faux que Rocco effectuait quotidiennement chacune de ces besognes. Mais devait-il perdre autant de temps à se promener sur le trottoir parmi les passants, tête haute comme un monsieur important ? Il aurait pu déployer ses ailes, plus rapides que ses pattes, et se dépêcher un peu ! Voilà du moins ce que se disaient les autres pigeons.

« Dans le fond, Rocco lui-même se sentait un peu coupable de son penchant pour la flânerie. Lorsqu'il reprenait enfin son tour de garde auprès de ses œufs négligés, il pleurnichait :

« — Mes pauvres enfants ! J'espère que tout ce froid n'aura pas empêché votre croissance ?

« La réponse ne se fit pas trop attendre. Un jour, alors qu'il était de garde : crip, crip ! Un petit bec perça le premier œuf. Un autre fit de même avec le second. Rocco en était tout émerveillé : il voyait naître ses petits ! Soudain, les deux coquilles se fendirent sur toute leur longueur, et que vit-il apparaître ?

« Deux petits pingouins bien croquants !

« Quelques jours plus tôt, en effet, Dame Nature, qui avait eu vent des frissons de ces pauvres enfants, se dit : "Ma foi, il y a certainement une erreur… Des pigeons ne peuvent naître dans un froid pareil !" Et c'est ainsi qu'elle jugea bon de transformer, d'un seul coup de sa baguette magique, les œufs de pigeon en œufs de pingouin!»

— Incroyable! s'écrie Muso. Pour dîner, justement, je dois manger des œufs à la coque. J'espère que pendant qu'ils ont bouilli, Dame Nature ne s'est pas mise en tête de les changer en œufs de dragon, en se disant que des œufs de poule ne peuvent pas naître sous une telle chaleur!

4

FLOCON,
LE CHAT AU POIL
ENVAHISSANT

Muso, comme tous les jeunes ratons, sait apprécier les histoires
amusantes. Toutefois, il aimerait
encore mieux rejoindre ses amis
qui l'attendent. Alors, comme sa

maman l'a bien élevé, il essaie poliment de prendre congé de son aîné :

— Moi aussi, je trouve que c'est bête d'être toujours en retard. Surtout lorsque, comme moi, on n'a pas mangé depuis le déjeuner, qu'il est passé midi et qu'on entend son estomac gron…

— Oui, les retards, c'est bête, mais il y a pis encore ! lance Igor, qui ne comprend rien à ce que Muso essaie de lui dire. Ceux qui s'ennuient sans arrêt commettent des sottises bien plus incroyables. Je ne vous citerai qu'un exemple et vous comprendrez tout de suite !

« Dans le voisinage que je fréquente vit Flocon, un chat sujet à l'ennui. Lorsqu'il marche, des kilos et des kilos de poils virevoltent dans son sillage… Quoiqu'il marche rarement, car Flocon est certainement le plus paresseux des chats! La seule chose qui bouge, chez lui, c'est son poil, qui pousse, tombe, repousse et retombe à la vitesse de la lumière!

« Avec son poil, Flocon remplit la maison de ses maîtres, du plancher au plafond, plusieurs fois par semaine. Tant et si bien qu'il devient vite impossible d'y respirer : il faut ouvrir toutes les issues pour déverser le poil dans la rue. Un chasse-poils y passe chaque jour. »

— Mais quel est le rapport entre l'ennui et la perte des poils? demande Muso, sceptique.

— Je sais, ce n'est pas évident. Laissez-moi continuer, et vous verrez.

« Flocon ne semble pas souffrir de la situation. Sa particularité lui plaît énormément : il se distrait en regardant pousser son propre poil à longueur de journée ! Remarquez, je devrais plutôt dire "se distrayait", car depuis quelques jours, les choses ont bien changé chez lui.

« En effet, les maîtres de Flocon ont découvert ce qui faisait pousser et tomber son poil à toute allure. Longtemps, ils avaient cru que leur chat souffrait d'une maladie rare. Or, il y a quelques jours, Flocon leur a révélé les dessous de l'affaire :

« — Je n'ai pas du tout de maladie ! C'est juste que, lorsque j'étais tout petit, j'ai découvert, par un jour d'ennui, que je pouvais faire pousser mon poil à loisir. Il suffit que je me concentre et que je m'imagine au pôle Nord pour que mon pelage devienne bien fourni. Ensuite, je m'imagine crevant de chaleur sous un soleil de plomb, et mon poil tombe. N'est-ce pas merveilleux ?

« C'est en toute innocence que Flocon a fait cette confidence, mais ses maîtres ne l'ont pas entendu de cette oreille. Ils se sont aussitôt précipités au centre commercial afin de se procurer du papier peint à motifs sahariens et des plantes tropicales. Une fois revenus, ils ont tout installé, ont monté le chauffage et attendu les résultats de leur expérience.

« — Essaie, désormais, de te croire au pôle Nord, petit fripon ! ont-ils dit au pauvre Flocon.

« Depuis ce jour, le poil de Flocon ne pousse plus. »

— Et que fait-il maintenant pour se désennuyer ? demande Muso.

— Dans le quartier, on raconte que Flocon a réussi à récupérer quelques touffes de son poil perdu pour le filer et en faire des balles de laine. Son voisin Riki affirme

même l'avoir aperçu à sa fenêtre, dimanche dernier, en train de tricoter un joli chandail. Peut-être veut-il ouvrir une boutique de vêtements d'hiver, qui sait?

— Bref, c'est une histoire qui finit bien! s'exclame Muso. C'est donc sur cette note optimiste que prendra fin notre conversation. Comme je vous l'ai dit, je dois vous quitter pour aller dîner. Ainsi, je vous laisse cueillir et déguster cette magnifique poire avant que quelqu'un d'autre ne le fasse avant vous… Ce serait bien injuste puisque vous êtes, il me semble, le premier à l'avoir aperçue!

— Ah! Être le premier! Voilà encore une autre de ces stupides obsessions dont j'ai été témoin!

Et voilà Igor reparti pour une nouvelle histoire, laissant Muso pantois, encore une fois.

5

NÉNELLE,
LA COCCINELLE
NUMÉRO UN

— **I**l y a quelques années, j'ai connu une coccinelle nommée Nénelle qui ne pouvait supporter de ne pas être la meilleure en tout.

« Chaque fois qu'elle avait le malheur d'apercevoir une coccinelle avec huit points sur le dos, elle s'écriait aussitôt :

« — Le double de moi! Ce n'est pas juste!

« En effet, Nénelle n'avait que quatre points sur son dos… Elle aurait aimé en posséder davantage. Mais comment faire?

« Un jour, un scarabée qui l'aimait bien – même si elle prenait souvent plaisir à le maltraiter – eut une idée de génie. Il trempa ses pattes dans le goudron et alla la voir :

« — Laisse-moi marcher sur ton dos!

« — Tu es fou? Va-t'en, sale scarabée! Ne t'ai-je pas déjà dit que ta race est indigne de la mienne?

« — Tu ne comprends pas… Avec mes six pattes trempées dans le goudron, je peux t'ajouter des points et ça t'en fera dix!

« — C'est vrai ? Alors, monte tout de suite sur mon dos !

« — Voilà : tu as dix points.

« — J'en veux plus !

« — À quoi ça te servirait ? Tu possèdes déjà deux points de plus que les coccinelles à huit points que tu enviais tant !

« — Plus, j'ai dit !... Plus ! Plus ! Plus !

« En principe, c'étaient désormais trente-quatre points que Nénelle avait sur le dos. Tant et tant de points qu'on n'apercevait que du noir et plus du tout de rouge !

« — Hé ! numéro un !

« C'est ainsi qu'une cigale l'interpella. Levant le nez avec dédain, Nénelle passa son chemin. Le criquet demanda à la cigale :

« — Pourquoi l'appelles-tu "numéro un" ?

«— C'est la coccinelle numéro un, car elle n'a qu'un gros point noir sur le dos !

«— Une coccinelle ? Je la prenais pour un scarabée ! »

6

BRINDILLE,
LA NAGEUSE COQUETTE

— **Q**uelle coquette, celle-là ! s'exclame Muso.

— Oh non, la coquetterie, c'est tout autre chose. La vérité est que Nénelle voulait toujours être meilleure que les autres. Les coquettes, elles, n'aspirent qu'à être jolies et admirées. J'en ai connu une, jadis. C'était à l'époque où je vivais près de la mer. J'avais tout juste votre âge. Chaque jour, je plongeais pour aller prendre des nouvelles de la vie marine. Ces poissons arrivaient toujours à m'épater. Il leur arrivait des aventures si folles! Saviez-vous qu'il y a mille fois plus matière à cancans sous l'eau que sur terre?

— Je l'ignorais.

— À mon avis, c'est dû au fait que, dans l'eau, on se sent plus léger, et donc on mène une vie plus légère aussi.

«C'est comme cette hippocampe, Brindille, que j'ai eu le bonheur de rencontrer à quelques reprises. Un bien joli brin de fille, cette Brindille! Une vraie vedette! Sans cesse, elle exécutait quelque danse dans les décors les plus extravagants. Elle adorait prendre des "bains de mousse" parmi les anémones bulbeuses. Ses mouvements de nageoires, fort jolis, étaient admirés de tous.

« Parfois, elle se plantait devant un énorme banc de poissons et dansait en exigeant d'eux qu'ils suivent la chorégraphie. Ces spectacles étaient d'ailleurs si attrayants que, par un bel après-midi, ils ne manquèrent pas d'attirer les requins. Les prédateurs se réjouissaient de découvrir non seulement un énorme banquet, mais un banquet qui danse de surcroît.

« — Une expérience culinaire est tellement plus agréable lorsque les plats sont bien présentés, ne trouvez-vous pas, cher Hector ? demanda un requin à son comparse, la bouche à moitié pleine et la petite nageoire en l'air (car c'est plus poli).

« Absorbée par sa chorégraphie, Brindille ne se rendit pas compte qu'elle se trouvait dans la bouche ouverte d'un énorme squale.

« — Oh! Les belles stalagmites et stalactites! Quel décor original!

« Naïvement, elle enroula sa queue autour d'une stalagmite (autrement dit, une dent de requin), puis la déroula en tournoyant. Gracieusement, elle passa entre les dents, jetant aux poissons bouche bée des regards vaniteux quand, tout à coup: vlan! La gueule du monstre se referma.

« Heureusement, Brindille ne fut pas croquée. Plus fâchée qu'impressionnée, elle ressortit par une narine de l'animal et s'enfuit. Elle ne trouva rien de mieux à dire que, je vous le donne en mille:

« — Zut alors! Non seulement ces requins ont dévoré toute ma

troupe et n'ont même pas eu la décence de suivre ma chorégraphie, mais, en plus, ils m'ont fait si peur qu'ils m'ont défrisé le bout de la queue! De quoi ai-je l'air, moi, avec une queue toute droite? C'est si laid!

« Quelle fieffée coquette, cette Brindille! »

7

FLIPFLOP, LE CHIEN QUI FAIT TOUT À L'ENVERS

Exaspéré de ne pouvoir rejoindre ses amis, Muso commence à se dire que sa maman l'a trop bien élevé… Que s'il veut se débarrasser d'Igor, il devra se faire moins discret. Il a d'ailleurs de plus en plus de mal à contenir son appétit devant la superbe poire qu'Igor tarde tant à cueillir. C'est pourquoi il se décide finalement à dire :

— À présent, je dois vous quitter, cher Igor. Alors, tâchez de faire un bon repas, et au plaisir de vous revoi…

— À propos ! l'interrompt Igor, qui décidément n'entend rien à rien, j'allais oublier de vous raconter l'histoire de Flipflop ! Pourtant, sa bêtise bat réellement des records ! Imaginez-vous donc que ce chien fait tout à l'envers.

« En général, qu'il s'agisse d'un cortège, d'un train ou d'un troupeau, c'est la tête qui mène, et non la queue. Or, chez Flipflop, c'est toujours la queue qui décide de tout. Lorsqu'il saute dans la piscine, il "pique une queue" ; lorsqu'il fait des sottises, il agit sur un "coup de queue"; lorsqu'il s'entête, il a une "queue de mule"; lorsqu'il est fier, il "marche queue haute".

« Sa queue va jusqu'à lui dicter son humeur, s'agitant lorsqu'il doit être content et se repliant sous lui lorsqu'il doit s'inquiéter.

« Flipflop se fie à sa queue pour tout. Imaginez donc combien il lui est pénible d'avancer en ligne droite puisqu'il passe son temps la tête dans le dos, à tenter de comprendre où demoiselle queue entend le mener !

« Parfois, il croit comprendre qu'elle veut lui faire commettre des choses impardonnables, comme mâchouiller les pantoufles du maître. Il la poursuit alors, tournant sur lui-même.

« — Ah non, pas ça ! Tu ne peux pas vouloir une telle chose, je ne te le permettrai pas !

« Mais ces menaces sont vaines, car il permet toujours tout : l'emprise de la queue sur Flipflop est totale !

« Et lorsque le maître, les vestiges de ses pantoufles à la main, décide de sévir, ce sont les oreilles de Flipflop qui reçoivent toutes les réprimandes… Sa queue, plus sage, se cache, repliée le long de son ventre.

« Que de bêtises, cher ami, que de bêtises ! » conclut Igor.

8

EDGAR, LE LÉZARD
UN PEU DISTRAIT

Muso pense : « Voilà ma dernière chance de prendre mes pattes à mon cou avant que mes moustaches ne virent au gris. Il faut que je sois ferme. »

— Je vous souhaite une belle fin de journée, finit-il par dire. J'écourte de ce pas notre jeûne qui a déjà trop duré, et je…

— Mais il y a pire! l'interrompt Igor, qui refuse de le laisser partir. Pas plus tard qu'hier, j'ai rencontré mon bon vieux copain Edgar, le lézard. Il était encore tout abasourdi par une aventure qui venait de lui arriver. Il faut dire qu'Edgar a, depuis longtemps, la fâcheuse manie de répéter sans arrêt « Y'a pas d'lézard! » : c'est une expression qui veut dire que tout va bien, qu'il n'y a pas de problème...

— Vous voulez dire que le mot « lézard » peut aussi vouloir dire « problème »? demande Muso.

— C'est exact. Peut-être est-ce parce que les lézards causent plus de problèmes que les autres animaux, suggère Igor.

— Peut-être. Mais en tout cas, venant d'un lézard, l'expression « Y'a pas d'lézard! » semble plutôt étrange, avoue Muso, intéressé malgré lui.

— À qui le dites-vous! Aussi, hier, alors que mon Edgar faisait le contremaître pour un clan de chiens de prairie occupés au forage de leurs tunnels, il a eu le malheur de répéter cette expression encore plus souvent que de raison.

« À l'ouvrier qui lui demandait si ses plans étaient exacts, à celui qui voulait prendre une pause, à un autre qui désirait utiliser tel outil, il faisait sans arrêt la même réponse:

« — Y'a pas d'lézard!

« Les chiens de prairie hurlaient de rire à en perdre le souffle… Au début, Edgar ne comprenait pas pourquoi on riait sans arrêt dès qu'il ouvrait la bouche. Il se demandait: "Peut-être ai-je un peu l'accent du Sud?" Mais en constatant que

les travaux ralentissaient – les ouvriers étant trop occupés à se rouler par terre, secoués par d'interminables fou rires –, Edgar perdit patience et explosa :

« — Pour l'amour du ciel, de quoi riez-vous ?

« — Tu n'arrêtes pas de dire : "Y'a pas d'lézard !" répliqua l'un d'eux.

« — Et après ?!

« — Eh bien, tu ES un lézard : tu ne trouves pas ça un peu bizarre ?

« — Bizarre ? Mais de quoi parlez-vous ? Je ne suis pas un lézard, je suis un gecko !

« Cette futile précision ne fit qu'accentuer les crampes abdominales de tout le monde, au grand déplaisir d'Edgar, qui ne comprend toujours pas ce qu'il y a de si comique à entendre un lézard dire : "Y'a pas d'lézard !" »

9

LA BÊTISE D'IGOR

Décidé à en finir là avec cette conversation, Muso répond :

— Oh, vous savez, ce n'est rien. J'ai entendu parler de bêtises bien plus graves. Par exemple, on m'a raconté l'histoire d'un corbeau qu'un renard affamé a convaincu, à force de flatteries, de chanter afin qu'il ouvre son bec, lâchant ainsi le morceau de fromage qu'il tenait bien serré...

— Quel oiseau crédule, en effet!

— Oui. Mais en même temps, ça me fait penser à certains ratons...

— Ah! Je vois ce que vous voulez dire, répond Igor d'un air entendu. Certains de nos congénères sont si étourdis! Ah! Que de bêtises...

— Eh oui, cher ami, que de bêtises...

Soudain, Muso pointe le ciel et demande:

— Je me trompe ou il va pleuvoir?

Igor lève la tête pour vérifier. Mais au moment où il reporte son regard sur son jeune ami pour lui répondre, ce dernier a disparu. La belle poire aussi.

Pendant qu'Igor cherche encore
à comprendre ce qui vient de lui
arriver, Muso a enfin rejoint ses
jeunes amis. Tout en se régalant
aux frais de son aîné, il leur raconte
qu'il vient de discuter avec un raton fort critiqueur et se croyant à
l'abri de toute bêtise, mais qui « n'a

pas suffisamment potassé les fables de monsieur de La Fontaine ».
C'est Barbouille, le benjamin de la bande, qui prononce le mot de la fin :

— Bah, il l'a cherché ! Ça lui fera une histoire de plus à raconter. Et puis, tu peux être fier de toi : tu t'es bien payé sa poire !

TABLE DES MATIÈRES

Marie-Élaine Mineau

Marie-Élaine Mineau adore les romans, les nouvelles, les contes, et toutes les autres histoires qu'elle peut se mettre sous la dent. Elle les lit, les étudie à l'université, les cueille… Car le monde est rempli d'histoires qui n'attendent qu'à être cueillies comme des fleurs. Partout où il y a un chien qui sautille joyeusement (serait-il amoureux?), une marguerite qui baisse la tête (serait-elle triste?), une petite fille qui dort (de quoi rêve-t-elle?) et pourquoi pas deux ratons qui entrent en collision, il y a une histoire à cueillir, puis à raconter… Il suffit d'ouvrir les yeux et les oreilles!

Collection Sésame